Apatrid i zbunjeni pas

Predrag Humphrey Mihajlović

FSC
www.fsc.org
MIX
Papper från
ansvarsfulla källor
Paper from
responsible sources
FSC® C105338

© Predrag Humphrey Mihajlović, 2017
Förlag: BoD - Books on Demand, Stockholm, Sverige
Tryck: Bod - Books on Demand, Norderstedt, Tyskland
ISBN: 978-91-7569-703-1

Apatrid i zbunjeni pas

Vjerujem da je došlo vrijeme da završim jedan krug. Poslije prvog i originalnog izdanja novele *Apatriden och den förvirrade hunden (2017)* na švedskom i njenog prevoda na engleski jezik (*The Apatride and the Confused Dog,* 2017), odlučio sam se da je objavim i za naše doseljenike (iseljenike) pod naslovom *Apatrid i zbunjeni pas.*

Dakle, ako je prvo švedsko izdanje originalna verzija ove novele, onda je to i ovo izdanje.

Razlog za ovakav korak su signali jednog broja prijatelja, poznanika, radnih kolega ali i članova bliže i šire porodice, skoro svih rođenih na području bivše SFRJ (prije svega BiH), da objavim moju skromnu novelu na "našem jeziku", kako se većina oprezno i meni veoma simpatično izrazila. Svi nabrojani su, pretpostavljam, imali svoje posebne razloge. I to je dobro, ali za mene ne bi trebali biti relevantni. Važno je da sam ja primio ove signale kao podsticajne.

Kao sljedeći razlog mogu navesti jednu opšte poznatu činjenicu, a to je da se čovjek može najbolje izraziti na svome maternjem jeziku. Zahvalimo našim mamama (i tatama) što su nas naučile (naučili) da izgovorimo prve riječi i tako nam omogućile (omogućili) da se naučimo jedan i otvorile (otvorili) put za učenju više jezika.

Apatrida sam napisao za tri nedelje u augustu 1995 godine, u pokušaju da nađem nekakav unutarnji mir i da se oslobodim kroz jedan lik koji bi bio sve što ja tada nisam, a i nisam mogao biti. Terapija? Možda i to, ali prije svega potreba za pisanjem me je pogonila da napišem ovaj kratki književni sastav.

Nezadovoljan završetkom prve verzije ove novele, ostavio sam je u ladicu i nisam joj se vraćao valjda osam godina. A onda sam sjeo i napisao je (riječ preveo bi bila veoma ograničavajuća) na švedskom jeziku. Zadržao sam isti završetak i opet nezadovoljan ostavio u ladicu. Kada sam trinaest godina posle toga napokon shvatio da njen završetak i ne može biti drugačiji, odlučio sam da je objavim. I to sam posle četiri ili pet mjeseci i učinio. Sada je, neznatno preuređenu, objavljujem i na srpskom jeziku

Kako je poznato, riječ "apatrid" označava lice bez državljanstva. Zašto onda nisam izabrao taj izraz? Ovdje bih mogao navesti tri razloga. Prvi razlog je da je "apatrid" međunarodna riječ i na taj način ima jedan globalan odjek, a u ovoj noveli i treba da ga ima.

Drugi razlog je da izraz "lice bez državljanstva" ostavlja jedan formalan utisak i ne čini se da odgovara naslovu teksta lijepe književnosti.

Treći razlog je da riječ "apatrid" zvuči neobičnije i zbog toga čini naslov novele izazovnijim.

Apatrid i zbunjeni pas nije prvo što sam napisao, ali je prvo što sam objavio. Kada sam pisao i nisam imao ambicija da ga objavim. Naći se u tuđoj zemlji i početi iz početka je i frustracija i podsticaj. Opipavajući prstima kroz mrak tražio sam samoga sebe u jednom novom okruženju, osjećajući, ali još uvjek odbijajući da prihvatim da je duh jednog vremena nepovratno iščezao. Tako je ova novela nastala kao moj otpor frustraciji, kao pokušaj (ne)prihvatanja i kao naznaka podsticaja. To je i razlog što sam, tek mnogo godina kasnije, mogao razumjeti da kraj moje novele i nije mogao biti drugačiji. (Naravno da za eventualnog čitaoca ova napomena niti je potrebna niti presudna za razumijevanje napisanog - novela je višeslojna i svaki čitalac će pronaći svoje tumačenje u skladu sa svojim referentnim ramom - ali je za mene potrebna, jednostavno da osvijetlim moju osvještenost onoga polusvjesnog i nesvjesnog što me je vodilo dok sam pisao.)

Ovo nije prvo što sam napisao, ali je prvo što sam objavio. Da sam naizad našao vlastiti glas i temu, oko koje će se, u različitim oblicima, moje pisanje nastaviti i dalje razvijati, osjetio sam upravo kada sam pisao *Apatrida.*

Svi likovi u ovoj noveli su u potpunosti fiktivni, a glavni lik je nastao kao posljedica jednog nestalog vremena i prostora, kakav je jednom bio. Ako je sve to napomenuto nestalo, pojavljuje se jedan lik, kao posljedica toga, tražeći novo mjesto za jednog novog sebe.

Potpuno sam svjestan da ovakva literatura i ne može imati puno čitalaca. Ona nije posebno zabavna, ali može biti mrvicu iritirajuća i ironična, može prevariti, čak razočarati čitaoca. To je možda i može učiniti zabavnom, jer sve se ponavlja, vrti u krug - i u dobru i u zlu. (Zato je *Apatrid i zbunjeni pas* i zamišljen kao dio jedne trilogije kojoj ću rado dati naslov *Odavde do ničega,* ako je ikada završim).

Mislim da je došlo vrijeme da završim jedan krug. Moja novela ima mogućnost da sada govori na tri jezika i potsjeća me na malog, dobrošudnog, troglavog zmaja što umjesto vatre izbacuje skromne plamenove riječi, iz svakih usta na drugačijem jeziku. I sve te riječi i svi ti jezici su nesavršeni, nedovoljni da jasno objasne i pojasne ono što bi se željelo objasniti i pojasniti. Ali su dovoljni da pokažu želju za komunikacijom. Onda sve može biti lakše - jer ako nedostaje želja za komunikacijom, ni jedan jezik ovoga svijeta ne može nam pomoći da unesemo barem malo jasnoće u naše međusobno zavisne živote.

Ja sam zavolio mog *Apatrida*, a nije ni čudno kada je samnom djelio stan dvadeset i dvije godine. Toliko mi je trebalo da ga u potpunosti shvatim i pokušam osloboditi kao što je i on mene sve ove godine.

Sada je *Apatrid* slobodan i prepušten sam sebi, pa neka se sam snalazi.

Srećno mu bilo!

Ja se nalazim negdje u blizini i pokušavam da i dalje pišem:

u nadi da ću mu opravdati postojanje,

u nadi da nije sam,

u nadi da nije zaboravljen,

u nadi da će se moći prepoznati u nekom novom liku,

u nadi da će se sa osmijehom sjećati vremena kada smo jedan drugog stvarali i

u nadi da će biti čitan.

Srećno i meni bilo!

Predrag Mihajlović, 2017

I
Apatrid

Sasvim iznenada počinje da ga trese groznica i prisiljava da se zadrži u njihovoj kući.

Za njega to nije samo iznenada, nego i vrlo čudno, jer prvi put se razbolio otkako luta. Naravno da su bolest ili povreda opasniji za one koji su sami nego za one koji to nisu - prinuđeni su da se sami snađu - on je, međutim, tokom godina svoga lutanja, počeo da vjeruje da je samoća neka vrsta imuniteta protiv bolesti. Mozak ne dozvoljava tijelu da se razboli zbog straha od odsustva tuđe pomoći. Ali sada, pri jednom tako bliskom kontaktu sa dvije osobe, mozak mu se počeo opuštati prvi puta posle toliko dugo vremena, dozvoljavajući i ostavljući tijelu da se samo bori.

Neka se tijelo samo bori! kaže mozak.

Istovremeno ima sreće. Sada nije sam. Neobično prijatni i predusretljivi brat i sestra pomažu mu da legne u krevet i pokrivaju ga ćebetom.

Za mene je uvijek bilo važno, misli zatvorenih očiju dok osjeća kako ga san lagano okružuje, da ne dobijem bolest protiv koje se neću moći boriti. Ja sam se istovremeno našao u jednom svijetu i kreirao ga; u svijetu koji ujedno paralelno egzistira i mješa se sa ovim velikim i ne više stvarnim. Ja sam svjestan toga! Moj svijet ima sadržaj, nije iluzija. Nije prazan. Kada bi bio prazan tada bih ja bio bolestan. Tada bih patio od jedne bolesti protiv koje se ne bih moga boriti.

Kako može biti siguran da njegov svijet nije iluzija?

Da, on je sreo hiljade i hiljade sličnih sebi.

Sve nas je više i više. Mi smo stvarnost. Ja sam se samo fizički distancirao od njih. Moje ja ne dozvoljava da bude kategorisano! To je i moja slabost i moja snaga.

Uvukao se u njihovu kuću sinoć, da se skloni od oluje, tako strašne da mu zaklona ni šuma nije mogla pružiti, a on se nalazio duboko u njoj kada je na kuću naišao. To je u stvari bila koliba. Ne bi on u nju ni ušao da je znao da nije bila napuštena. Vrata nisu bila zaključana i on je, vjerujući da nema stanara, ušao bez kucanja. Oni su spavali i nisu ga mogli čuti, a on ništa i nije mogao vidjeti, jer je bio potpuni mrak. Mogao je samo zatvoriti vrata za sobom i leći na pod pored njih.

Ujutro su ga zatekli kako sklupčan spava na tankom, širokom, izblijedjelom otiraču. Nisu se naročito uplašili, pošto je spavao, niti su bili iznenađeni, pošto nije bilo čudno dobiti nenajavljene goste posle jednog takvog neveremena.

Kada se probudio mogli su veoma brzo pronaći zajednički jezik. Danilo mu je bilo ime, a njegovi domaćini Julija i Oliver su ga ponudili šoljom toplog čaja i par kriški dvopeka namazanih sa džemom od kupina.

Rekao im je da je lutalica, da luta isključivo sam i da čak ni psa ne vodi sa sobom. Zatim im je rekao da posmatra svijet i događaje u njemu, ali da se drži po strani. Nije se smatrao ni svjedokom tih događaja. Dalje je rekao da ne nosi ni bilježnicu, ali da ponekad zapiše poneku misao parčetom cigle na nečijoj ogradi, zidu, ničijem kamen, na asfaltu ili na oborenom stablu, u prolazu. Danilo je još rekao da želi da bude sam, ali da niti bježi niti se krije od ljudi: obrati im se kada je to potrebno i prihvati razgovor kada mu se obrate. Tako nije uvijek bilo, ali je sada tako i da mu to ne smeta kao što mu nije smetalo kada tako nije bilo.

Rekao je da korača polako, da može dugo da pješači i da mu teška obuća ne smeta; da nikada i nikuda ne žuri i da ga je zato sinoć nevrijeme zateklo nekoliko kilometara prije prvog naseljenog mjesta.

"Nigdje ne stići je važno za mene."

Nije imao pasoš, ali se neometano mogao kretati iz jedne zemlje u drugu.

"Kako vam to uspijeva?" uptala je Julija.

"To ne pitajte", odgovorio je Danilo, "ponekad sam veoma vješt."

Dakle magija i iluzija su se znale naći pri ruci.

Rekao je da je jednoga dana prije tri godine njegova zemlja jednostavno obrisana sa karte svijeta.

"Obrisana?! Kako je to moguće?!"

"Ja jesam mađioničar, ali samo veliki mađioničari mogu to izvesti."

Zato se odlučio da ode.

"Ako ne mogu više biti tamo, neka sam onda svugdje", rekao je za kraj.

Poslije je Julija rekla da ona i Oliver žive u kolibi više od tri godine. Da žive sami, da su sami tako odlučili i da im tako odgovara.

Bilo joj je veoma interesantno, rekla je, da on luta jednako dugo koliko oni žive u kolibi nigdje ne odlazeći. Zato su brat i sestra očekivali da on još nešto kaže o sebi. Ali Danilo je ćutao, smatravši da je rekao baš onoliko koliko je potrebno. Popivši čaj ustao je sa namjerom da krene, jer on je lutalica i ne zadržava se nigdje duže od jedne noći.

Ali tada se počeo tresti u groznici, što ga je prisililo da se zadrži.

Popio je još jednu šolju toplog čaja i sad leži pokriven sa dva pokrivča.

Njega stranca posmatraju strane svjetloplave ženske oči. Prijateljski. On primjećuje neobičan sjaj u njima. I one mu se čine lijepim.

Sve oko njega mu se čini lijepim i prijatnim. Sve oko njega mu se čini dobrim, samo on se ne osjeća dobro.

Čuje da se izlazna vrata otvaraju. Jadva da se čuje, ali se ipak čuje. U blagi osmijeh prelazi Julijino lice, to njen brat Oliver izlazi iz kolibe.

"Oliver je izašao u svoju redovnu prijepodnevnu šetnju", kaže, stavlja mu dlan na čelo i dodaje da joj se čini de više nema visoku temperaturu.

"Je li to već poslijepodne?"

"Ne, još uvijek je prijepodne", odgovara mu tiho Julija.

Njen glas mu prija. Želi da nastavi da je sluša i nada se da to ona može pročitati u njegovim pogledu. Ona pokazuje da može i nastavlja pričati šaputavim glasom:

"Ja imam samo Olivera, a on samo mene. Niko više na svijetu ne postoji za nas. Jednako smo jedno drugom potrebni, a oboje trebamo samoću - on zbog svoga straha, ja da mogu pisati."

Danilo osjeća kako mu toplota raste u tijelu. Julija priča skoro bez pauze i on to doživljava kao pjevušenje. Želio bi više znati o njenom pisanju, ali se boji da bi to ona mogla primiti kao nedostatak respekta za njenu privatnost i ne pita ništa.

Ona, međutim, ne primjećuje njegovu želju i nastavlja pričati o Oliveru:

"Moj brat pati od straha da bi mogao u svakom trenutku biti uboden nožem. On je jedan od onih koji se nikada ne suprotstavljaju nekome ili nečemu. Poslednji put je bio tako povrijeđen da je skoro preminuo. Svaki put je bio žrtva nesretnih okolnosti. Istina! Nažalost još uvijek misli da je sve bilo dobro isplanirano i nemoguće ga je ubijediti u suprotno."

"Kako se on sada osjeća?"

"Sada se osjeća bolje. Kako vidite, ovdje živimo sami. Njegov strah je skoro iščezao. Otkako smo preselili, ne pričamo o našem ranijem životu. Oliver ne želi, a ja to uspijevam izbjeći, zbog njega."

Čuju da Oliver ulazi u prostranu kolibu. Ulazeći u sobu kaže da je zaboravio naočare. Ostale su mu na prozoru. Blag osmijeh je još uvijek na Julijinom licu, ali je prestala govoriti. Oliver uzima polako maramicu iz džepa od panatalona, stoji tako jedno vrijeme i briše naočare, poslije toga ponovo napušta kolibu.

Danilo više ne osjeća groznicu i mogao bi zaspati, ne sjeća se kada je posljednji put ovako bio iscrpljen.

Julija se udaljava od njegovog kreveta i napušta sobu. On sklapa oči.

Negdje između sna i jave Danilo razmišlja:

Apsolutna sadašnjost. I sve je neizvjesno kao posljedica toga. Hoće li sve da bude kao u priči ili kao u stvarnom životu, ne znam. Lutao sam tri godine. Lično se bojim onoga izvjesnog - završene priče. Jednako kao što sam imao strah u mom starom životu, imam ga i danas. Strah je samo drugačiji sada, ja ga se ne bih želio osloboditi. To je strah od blizine kraje, od završetka priče, od samog kraja. Zato idi samo polako! Nikakvih prečica! To je moj unutrašnji imperativ.

Zašto bih se oslobodio novoga straha kada me on jača u borbi protiv starog?

Svaki put kad postavi ovo pitanje pred sebe, raste mu vjera da ga dugotrajnost i snaga novog straha čine izdržljivijim. Kada već stari strah nije mogao uništiti kada je to trebalo, mogao ga je barem preobraziti u novi.

Ja ne želim biti neko drugi, nego samo živjeti sa novim strahom, podnošljivijim, misli sada kao što je mislio ove zadnje tri godine. Ista ličnost, samo oslobođena novim sadržajem straha!

Sve se, međutim, odvija kroz Danilovu stalnu samoprisilu i rutiniranu svijest o jednoj konstrukciji. Veoma je lako naći primjer za to u jednom na oko banalnom događaju koji se skoro zbio.

Tada se osjećao sve umornijim od neprestanog lutanja. Kao da se tijelo počelo predavati. Prolazeći kroz jedan veliki grad u ko zna kojoj zemlji zaboravio je na trenutak da je njegovo lutanje bilo besciljno. Zaboravio je da je žurba nešto što je on želio izbjeći. Noć je bila blaga, nebo vedro, a ulica prazna kada je ugledao jedno svijetloplavo biciklo bačeno na trotoaru. Pošto je grad bio veliki nije bio siguran da će ga uspjeti proći prije svitanja. Prišao je biciklu i podigao ga. Posle kratke kontrole mogao je konstatovati da je bilo u funkciji: upravljač je bio u dobrom stanju, lanac i točkovi neoštećeni… Posmatrao je biciklo jedno kraće vrijeme, zatim put ispred sebe. Sa zadovoljstvom je pomislio da bi ga ova jednostavna naprava mogla nositi najmanje sledećih pet stotina kilometara. Osiguravši se da nikoga nije bilo u blizini, sjeo je na njega i počeo voziti. Vozio je sve brže. Poslije jedva tri minute okrenuo je glavu i usmjerio pogled u pravcu mjesta sa koga je krenuo. Ponovo je pogledao praznu i lijepo uređenu ulicu ispred sebe, zatim ponovo mjesto sa koga je krenuo.

Tri godine nisam brže prešao jedno ovako dugo rastojanje, pomislio je.

Ova ga je činjenica tako obeshrabrila da umalo nije pao sa bicikla. Kada se sabrao, naglo je zakočio i sišao sa njega. Polako se vratio nazad i ostavio ga tamo gdje ga je i našao. Mirno se okrenuo i lagano počeo udaljavati. Osjetio se mirnije.

Tada je Danilo shvatio da je on taj koga će on teže od svih i svega pobjediti na putu svoje slobode. Ako je samo i za trenutak osjetio spontanu potrebu da negdje stigne, onda je to jasno značilo da osjećaj odgovornosti još uvijek postoji u njemu. Da je taj unutrašnji glas još uvijek u njemu postojao, nije značilo samo običnu naviku ili stvar njegove prirode, nego takođe da stari strah još uvijek nije iz njega iščezao, da se nije u potpunosti preobrazio u novi. Zato što je njegov osjećaj odgovornosti bio povezan sa starim strahom. Zato što je njegov osjećaj odgovornosti bio povezan sa ljubavlju koju je osjećao za nešto što više nije postojalo. To je bio teret koji mu se neprestano vraćao u zadnje tri godine. Svi bi trebali osjećati odgovornost, ali samo ako bi svi mogli uticati na stvari i događaje, ili ako bi svi barem osjećali ljubav za nešto. Vjerovao je da je to sada bilo nemoguće. Odgovornost je za njega davno postala nepotreban teret. Danilo je smatrao da njegova moć leži u neodgovornosti.

Već sat vremena leži zatvorenih očiju, ali nije zaspao. Okreće se na leđa i gleda u strop. Prijatno mu je pod toplim pokrivačima, navlači ih skoro do očiju. Nimalo mu ne smeta što nije zaspao, čini mu se da bi mogao ovako nekoliko dana. Tri godine već hoda, od svakog se posla već odvikao. Ali mu to ne smeta, smetalo bi mu da bude prisiljen da nešto radi.

Njegovo tijelo međutim nije mlitavo od nerada, očvrslo je od višegodišnjeg hodanja. Mršav je i žilav. Ali on ne misli na svoje tijelo. Misli na nešto drugo. Zadovoljan je da tako može. Zadovoljan je da može prestati da misli kada o bilo čemu razmišlja. Zadovoljan je da može da ne učini ono što je samo trenutak ranije namjeravao. Zadovoljan je da može da učini ono što uopšte nije namjeravao, a što uopšte ne mora završiti.

Okreće glavu prema vratima. Otvorena su. Julija sjedi možda u svojoj sobi i piše. Oliver možda još uvijek šeta u šumi. Tamo nema noževa.

Danilo ne zna šta Julija i Oliver u stvari rade upravo sada. Čuje meke korake i zna da su Julijini. Ona ulazi u sobu i sjeda na ivicu kreveta. Ne smiješi se kao ranije, ali njeno lice zrači čudnim zadovoljstvom.

Danilo okreće glavu prema zidu i baca pogled na zidni sat. Dvanaest je. Septembar je mjesec, godina 1995. Ne, oktobar je mjesec, godina 1995.

"Danas je tačno hiljadu i dvije stotine dana otkako smo moj brat i ja preselili na ovo mjesto", kaže Julija i ustaje sa ivice kreveta.

Danilo leži na svojoj desnoj strani i posmatra Juliju. Obučena je u svijetloplavu trenerku, drži ruke u džepovima i kreće se po sobi na muški način. Nije baš visoka.

Da, niskog je rasta, ali ima lijepu figuru, misli.

"Dug je to period", kaže, "da se stalno bude na jednom mjestu, barem za mene."

"Možda i nije tako velika razlika između lutanja i mirovanja."

"Možda... uostalom sjedimo u istoj sobi sada", kaže Danilo.

"Šta ste radili za vrijeme lutanja?"

Vrijeme moga lutanja još uvijek traje, misli odgovoriti, ali ne odgvara. Ne trebam tjerati mak na konac i remetiti njezin polet.

"Lutati znači ništa ne raditi. Lutati znači samo hodati", odgovara i osjeća blago nezadovoljstvo sa razgovorom.

"Za vas je to uzaludno potrošeno vrijeme, zar ne?"

"Ne, ne razmišljam na taj način."

"Ako čovjek postoji, nešto treba da radi."

"Sasvim tačno."

”U redu”, kaže Julija poletno”, slušajte pažljivo i pomozite mi sada. Podijelite spomenuti broj dana sa pet!”

”Da, podijelio sam.”

”I koliko ste dobili?”

”Dvije stototine i četrdeset.”

”Tačno! Izračunajte sada razliku između toga broja i pet stotina, a onda pomnožite sa pet.”

”Hiljadu i tri stotine, ako sam dobro izračunao”, odgovara.

”Upravo ste izračunali broj dana koje planiram ostati ovdje”, kaže Julija euforičnim šapatom.

”Prilično mnogo dana vam je ostalo.”

”Da, još tri i po godine.”

”O čemu se radi, ako vas mogu pitati?”

”Osim Olivera to niko ne zna, ali to i nije velika tajna. A vi već znate njenu prvu poloinu.”

”Ispričajte mi onda drugu polovinu.”

”Ima mnogo da se kaže, ali se ipak može ispričati u nekoliko riječi”, kaže Julija i ponovo sjeda na ivicu kreveta.

”Mogu li se čuti tih nekoliko riječi?”

”Ja pišem kratke priče. Svaki peti dan dolazi jedna nova. To je sve.”

”Naporan zadatak, zar ne?”

”Ponekad je veoma naporno, ali mi daje veliko zadovoljstvo i, što je veoma važno, sve ide kako je planirano. A plan je jedna zbirka od pet stotina priča, stranicu dvije dugih, ne više. Skoro polovina posla je završena. Upravo sam završila dvijestotine četrdesetu priču i vjerujte mi da umor ne čini moje zadovoljstvo manjim. Vjerujem da protiv takvog umora niko ne bi imao ništa protiv... Jeste li vi pokušali pisati nešto koji put. Recite!"

"Jednom, davno", odgovara Danilo zamišljeno i osmjehuje se, "kao gimnazijalac i student pisao sam poeziju. Ponekad sam pomišljao da su to bili lijepi stihovi. Čak i pred mojim drugovima, moram to sada priznati, imao sam hrabrosti stvoriti utisak o sebi kao istinskom poeti. Danas je više od pet godina kako ništa nisam napisao."

"Nikada ništa nisam objavila, ali ovo namjeravam. Jeste li vi imali priliku nešto objaviti?"

"Sasvim malo, dvije, tri pjesme u jednom lokalnom časopisu. Iskreno govoreći nikada nisam sebe vidio kao pjesnika, kod mene je to bio samo mladalački zanos."

"Oliver je moja najveća podrška. On je moj lični kritičar i to mi daje snagu da nastavim. Noću čita to što ja napišem, a ja u jutro slušam strpljivo njegove utiske i sugestije. Naravno, nikad ne mjenjam to što napišem, ali iskoristim njegove primjedbe u mojim sljedećim pričama. Kaže da ga njegove šetnje u šumi i čitanje mojih priča čine stabilnijim. I stvarno, kako dani i mjeseci prolaze, mi se čini da se on osjeća sve bolje, da je Oliver stvarno ozdravio. Mi smo stekli svoje rutine i sa njima se osjećamo sve sigurnije."

"Prijatno je slušati vas", kaže Danilo očekujući njenu reakciju, ali Julija uopšte ne reaguje na njegove riječi.

Kratka i posve spontana pauza nastaje. Julija gleda negdje iznad njega, ali ne u daljinu. Zadovoljstvo na njenom licu se zadržava. On je posmatra i ne činu mi se da je odsutna. Njene oči blistaju i ne čine mu se više stranim, možda sve to nepoznato što je okružuje, ali ovdje i sada, tako blizu njega, ona nije strana. To što ga jednu mrvicu zbunjuje je, iako slaba, diskrapancija izmeđ sadržaja njenog govora i emotivne distance u njenom glasu. Danilo pokušava zamisliti njeno lice dok piše, ali ne ide. Koliko god se napreže ne uspijeva stvoriti sliku pred sobom. Predaje se.

Oslonjen glavom na desni dlan, Danilo nastavlja posmatrati Juliju. Ona mu to dozvoljava.

Ali je pauza u njihovom razgovoru kratka i on je prekida sa pitanjem:

”Zašto niste ostali tamo i pokušali pisati?”

”I meni i Oliveru bila je potrebna samoća.”

”Meni se čini kao da ste vi i tamo bili sami.”

”Tamo nismo bili sami”, kaže Julija, ”ali smo se osjećali usamljeno. Ovdje smo sami, ali se ne osjećamo usamljeno.”

”Zar nemate bliže rodbine?”

”Moja je mama umrla prije tri godine.”

”A vaš otac?”

”Oliver ga se sjeća, ja ne. Moj otac je jednostavno nestao prije nego što sam stigla u dob u kojoj bi bila u stanju zapamtiti ga. Moja je majka uvijek izbjegavala spominjati ga, a ja se ne sjećam da sam ikad pitala za njega... Njegovo odsustvo nije utjecalo na naš materijalni položaj... Mislite li da sam ja drugačije odrastala?”

”U svakom slučaju ja nisam.”

”A kako ste vi to, onda, odrastali?”

”Najveći dio moga života je protekao kako je i trebao, ili kako se tada i tamo smatralo da bi trebao. I bilo bi dobro da je nastavilo tako.”

Posle Danilovog odgovora nastavlja Julija pričati o svojoj majci.

"Poslednje dvije godine svoga života provela je moja mama slijepa", kaže i nastavlja da priča o tome, o sljepilu svoje majke. Da nije došlo neočekivno, da joj je prijetilo godinama i da su ona i Oliver bili upoznati sa tim. "Jednoga jutro prije pet godina ja i moj brat smo se probudili i saznali da nas naša mama više ne može vidjeti. Kao i obično sjedila je za kuhinjskim stolom kada nas je informisala da se probudila slijepa. U početku nije bila svjesna toga, mislila je da se probudila usred noći i da nije mogla vidjeti zbog mraka. Ali nije joj uzelo puno vremena da shvati šta joj se dogodilo. Mi smo bili uplašeni više od nje." Julija dalje priča da ih je majka zamolila da ne brinu zbog nje, jer se ona dugo pripremala za taj dan. Pripreme su se sastojale u mjerenju rastojanja do svih mjesta na kojma je obično boravila ili do kojih je išla. Brojala je korake i broj izračunatih za svako rastojanje pomno upisivala u posebnu bilježnicu. Upisane dužine je redovno čitala nekoliko puta sedmično i vremenom ih sve zapamtila. "Sva rastojanja sistematizovala je u dvije grupe. Prvu grupu su činila sva rastojanja između njene spavaće sobe - koju je odredila za glavno polazište svih njenih kretanja za slučaj sljepila - i svih ostalih prostorija u kući. Kao primjer je navela da rastojanje između navedene sobe i kuhinje iznosi četrnaest koraka, podrazumjevajući sva postojeća skretanja lijevo ili desno. Drugoj grupi su pripadala rastojanja između njene spavaće sobe i mjesta izvan kuće do kojih je najčešće išla." Da se majka pripremala za sljepilo, priča Julija dalje, dokaz je bio par crnih naočala i bijeli štap koji je već godinu dana ranije nabavila. "Olivera ja zamolila da nabavi psa za vođenje slijepih. (Oliver se baš u to vrijeme drugi puta oporavljao od rana zadobivenih nožem, ali još nije počeo dobivati napade straha). Pas se zvao Cezar, bio je krupan i crn. Tokom toplijih dijelova godine je mama redovno izlazila sa Cezarom u duge šetnje u predvečernjim časovima. Nama nije dopuštala da je pratimo. Cezar je učinio da više nismo ni primjećivali da je mama bila slijepa. Osjećala se posve sigurno u njegovoj prisutnosti. Najveći dio vremena, međutim, provodila je u svojoj spavaćoj sobi, koja je vremenom postala i dnevna. Tamo je obično slušala književne tekstove snimljene na kasete, dok je Cezar ležao na podu i drijemao. Svako jutro za doručkom čitali smo joj novine. Bilo mi je 18 godina tada. Oliver je bio četiti godine stariji." Julija završava svoju priču rekavši da se njihova majka jednoga dana više nije probudila, da je otišla zauvijek, odnijevši sa sobom svoje sljepilo, onako kako ga je i noslila, neprimjetno. Kratko poslije toga i Cezar je uginuo. "Na nas se nije mogao naviknuti."

Danilo ne daje nikakav komentar.

"Gdje su vaši roditelji sada? Jesu li dobro? Vjeruju li u vaš povratak? Da li su vas molili da ostanete? Je li rastanak bio mučan? " zapljuskuje ga pitanjima.

Danilo počinje odgovarati, ali iznenada je privlači sebi i ljubi. Ona to prihvata.

"Vrijeme je za ručak", kaže Julija poslije toga i odlazi.

On je ispraća pogledom dok izlazi iz sobe.

"Na koji način nabavljate hranu?" čuje njegov glas.

"To nije posebna vještina", čuje njen glas.

Ručak se završava, Danilo izlazi iz kolibe i sjeda na jednu staru drvenu stolicu ispred nje. Za njega strah nije stalno stanje, ponekad ga samo zapljusne kao talas. On je sam i njegovu samoću ispunjavaju sjećanja. I dok ga strah tek povremeno zapljuskuje i traje koliko čovjek može izdržati bez vazduha pod vodom, sjećanja traju kilometre lutanja. Djetinjstvo, dječaštvo, najbolji prijatelji, djevojke, ništa čega se i drugi ne bi sjećali. Recimo, ipak, da je on pripadao onoj grupi ličnosti koje nisu mogle bez najboljeg prijatelja. Najbolji prijatelj iz studentskih dana se zvao Jordan. Danilove slike sjećanja naviru, fragmentarno i nehronološki, ali njegov mozak brzo stvara četvorogodišnju istoriju njihovog nezaboravnog prijateljstva.

Istovremeno posmatra šumu oko sebe i zadržava pogled na jednoj maloj stazi za koju se nada da vodi do grada.

A zar je važno gdje vodi? Ni najmanje!

Vraća se u kolibu, ali ne zatvara vrata za sobom. Julija je zvršila svoju priču i on se nada da je zaspala.

Mora da je u dubokom snu sada, pretpostavlja.

Iz malog četvorougaonog hodnika može vidjeti Olivera kako leži na kratkoj sećiji u kuhinji. U stvari vidi samo njegova stopala obučena u neobično debele čarape.

Mora da je u dubokom snu sada, pretpostavlja.

Ulazi u svoju sobu i traži svoju debelu, trošnu, tamnosmeđu jaknu, pronalazi je pod krevetom i veoma brzo oblači. Osjeća nestrpljenje i pokreti su mu sve brži. Vadi kutiju cigareta iz unutrašnjeg džepa jakne. Sa kažirstom pokušava naći cigaretu u paketu. Prazan je.

Nema cigareta!?

Osjeća skoro paniku i grozničavo opipapava prstom po unutrašnjosti kutije još jednom.

"Ne, ima još jedna", šapuće sa olakšanjem.

Pažljivo, na prstima, izlazi iz kolibe, na trenutak obuzdava prvi impuls, ponovo sjeda na isto mjesto i pali cigaretu, povlači nekoliko dubokih dimova, a zatim je baca na vlažno, zelenosmeđe šumsko tlo. Polako ustaje, zbog sigurnosti gazi nekoliko puta cigaretu i na kraju odlučno ide prema šumskom putiću, koji je posmatrao nekoliko minuta ranije.

Sada korača bajkovitom šumskom stazom, a za njim se njiše paprat. Čini se kao da je probudio pa mu sada to sanjivo šumsko rastinje maše za zbogom. Još nije vrijeme sumraka, ali šumska tama čini kao da jeste.

Divno! misli, kao da sam sebe ubjeđuje, cijela noć je predamnom. Tek ću se ujutro pobrinuti da nađem mjesto za spavanje.

Julija i Oliver, dva simpatična, gostoljubiva i čedna bića, dolaze mu u misli.

"Morao sam ovako postupiti", šapuće. "Ako bih odlazak odgodio sada, možda bih to učinio još nekoliko puta poslije, a onda ne bih bio siguran da li bih želio otići. Da, već sutra me se neće sjećati. Uostalom, uopšte me i ne interesuje hoće li se pitati zašto i gdje sam otišao bez zbogom i hvala. Došao sam nenadano, na isti način i odlazim."

Čvrsto je ubjeđen da zauvijek ostavlja ovo skriveno i zaboravljeno mjesto. Na sličan način je to uradio i ranije. Ali je i mali broj mjesta na kojima se zadržao kao na ovome. Želi vjerovati da doživljava barem skoro isti osjećaj kao kada je sve napustio prije tri godine.

Misli: Kada čovjek nosi teret, brzo hoda da bi ga se što prije na mjestu odredišta oslobodio i olakšao svoje stanje, ali ja se osjećam oslobođenim svih tereta i ponovo koračam polako. Osjećam se oslobođenim od svih sjećana na vrijeme kada sam bi povrijeđen. Najljepše je otići bez pozdrava! Uostalom bio je to samo jedan smiješan i nevin susret. Susret koji nije vrijedan sjećanja!

Iznenada jedna ptica izlijeće iz šipraga iza njega, a stazica pred njim se podiže, kao da želi dokučiti sivo i neprozirno nebo. Skoro u istom trenutku nestaju i nebo i stazica. Danilo čak ne stiže osjetiti kako mu taj mali šumski put udara u lice. Tu nastaje potpuni mrak.

II
… i zbunjeni pas

Da ga je neko onesvijestio izvlači siguran zaljučak tek osam sati kasnije, kada se drugi put budi.

Kada se prvi put probudio - sjeća se sada kada je drugi put budan - nije se pitao šta mu se dogodilo, jer nije ni pretpostavljao da mu se nešto dogodilo. U početku nije mogao prepoznati sobu u kojoj se nalazio. Stvari oko sebe je postepeno mogao prepoznati, ali ih nije mogao dovesti u međusobnu vezu. Prvo što je ugledao bio je strop i on je mogao prepoznati da je to bio strop. A kada je naizad prepoznao sobu, pomislio je da se probudio poslije groznice. Pokušao je da ustane, ali ga je oštar bol u glavi ponovo bacio u nesvjest.

Sada je budan drugi put i zna barem da mu se nešto dogodilo. Bolna oteklina na potiljku objašnjava mnogo, ali ne dovoljno. Otvara oči. Usmjerava pogled tamo gdje bi trebao visjeti zidni sat. Opaža ga tek kada usmjerava pogled na suprotnu stranu. Shvata da su se sve stvari koje je vidio kada se probudio prvi put rotirale za sto osamdeset stepeni.

Možda tako i treba da bude, kaže sebi pomirljivo, nikada ranije nisam gubio svijest, a jasno je da ovaj puta jesam.

Julija ulazi u sobu govoreći:

"Čini mi se da ste nam se napokon vratili. Više puta sam vas obilazila, a vi ste ili duboko spavali ili buncali. Čak ste jednom i povratili."

"Ništa ne shvatam", kaže, "i očekujem jedno dobro objašnjenje od vas i vašeg brata."

"Od mene baš i nećete dobiti dobro objašnjenje; jednostavno sam vas našla u ležećem položaju, nedaleko od naše komforne kolibe. I to je sve."

"Je li to sve?"

"Da, sada ćete dobiti još jednu tabletu protiv glavobolje. Upamtite: za Olivera ste imali mučninu i pali ste u nesvjest. I ničega se ne sjećate."

Danilo se ničega i ne sjeća.

"Ja se ničega i ne sjećam… ali kako ste me pronašli, Julija?"

"Umisli li sebi da ste bili napadnuti", nastavlja govoriti bez odgovora na njegovo pitanje, "zapao bi u stanje koje ne želim ni zamisliti."

Sljedeća dva sata spava. Zatim se budi i nastavlja budan ležati dok sati prolaze, a sunce se pojavljuje ili nestaje iza oblaka što plove visoko iznad šume.

Četrnaest sati kasnije sjedi na stolici ispred kolibe, niti šta posmatra, niti šta određeno razmišlja. Čini mu se da se oporavio, ali se još uvijek osjeća sigurnijim kad sjedi.

I sjedi.

Ista sjećanja počinju navirati, kao i kada je prošli put sjedio ovdje.

Posljednji je prijepodnevni sat i Oliver se vraća iz redovne šetnje, prilazi Danilu i smješka se.

"Pitam se da li ste u stanju za malo razgovora?" pita pristojno i sjeda na tlo pored Danila.

"Da. Izvolite".

Oliver ćuti jedan trenutak, a zatim kaže:

"Jesen se osjeća u vazduhu, zar ne?"

"Da, osjeća se."

"Vi, dakle, i to znate?"

"Šta, da se osjeća miris jeseni?"

"Ne, mislim da za to nije potrebno posebno razvijeno čulo mirisa. Mislio sam na vaše vještine ili čarolije, kako se to već naziva."

Danilo mu upućuje prijateljski osmijeh, a onda zadržava pogled na drveću ispred sebe.

On i Jordan su bili u mnogome različiti. Jordan je bio pravi genije, najbolji student u svojoj generaciji, dok je Danilo bio sasvim prosječan i sa značajno slabijim ambicijama od njega, ali je njihovo prijateljstvo bilo bezrezervno, družili su se bez diskusija o svojim studijskim uspjesima. Isto je važilo kada se ticalo novca: kad ga Jordan nije imao, imao ga je Danilo, i obrnuto. Danilo je studirao pravo, Jordan fiziku. Kao većina mladih ljudi sanjali su da promjene svoje zemlju na bolje, kad jednog dana budu gotovi sa svojim studijama. Istovremeno im je prijao tadašnji način života i nisu baš željeli da im studentski dani brzo prođu.

”Da, mogu reći da umijem nešto od toga, ali rijetko upotrebljavam takve stvari - samo kada je to zaista neophodno.”

”U čemu je fora?”

”Na to ne mogu dati pravi odgovor. Ni meni samom nije sve jasno.”

”Pokažite mi nešto od toga”, kaže Oliver ispunjen entuzijazmom.

”Zašto? Sve je to samo obmana.”

”Budite ljubazni, strašno sam radoznao!” moli ga Oliver sa još većim entuzijazmom i dodaje da on smatra da čovjek ponekad treba biti prevaren, obmanut; da je to manje opasno nego da prevari, obmane samoga sebe.

Zatim se dogodila nesreća. I kao sve nesreće, došla je iznenada. Bilo je proljeće 1986 godine, kada je Jordan doživio nervni slom. Srušio se pred jednim strašnim priviđenjem. Danilo je saznao kako, ali nikad zašto se to Jordanu dogodilo. Igrao je košarku, bio je u skoku za loptom, a onda se lopta pretvorila u nešto drugo. Da li je priviđenje bilo u obliku užarene džinovske pečurke ili crnog ptičijeg jata, koje mu se sručilo u glavu, nije ni bilo toliko važno - Jordan mu je i sam nekoliko nedelja kasnije, kada mu se stanje prvi puta privremeno poboljšalo, kategorički tvrdio čas jedno, čas drugo - koliko mu je bilo važno i potresno da mu se više nije moglo dokazati da je to bilo samo priviđenje. Poslije je oboljela i njegova duša. Da svi jednoga dana moraju umrijeti, može se shvatiti kao neumitna, ali utješna činjenica, smrt je neizbježna i tiče se svih, ali nije zadano da čovjek bude osuđen na jednu ovakvu bolest. Kada se to dogodi onda je tragedija veća od smrti.

"Okej", kaže Danilo, "budite sada vi ljubazni i dodajte mi ona dva kuvana jajeta, tamo jedva metar od vas."

"Stvarno, to su jaja", kaže Oliver i kupi ih. "Kako ste čak mogli znati i da su kuvana?"

"To je nebitno. Dozvoljavate li mi da nastavim?"

"Naravno, naravno, samo izvolite!"

"U tom slučaju provjerite koje je tvrđe!"

"Oliver udara jednim jajetom od drugo, ali ni jedno ne puca.

"Kakva su ovo jaja?!"

"Pokušajte još jednom. U svakom slučaju jedno od njih mora biti tvrđe."

"Pogledajte, udaram jednom i još jednom. Ništa!"

"Čudno, zar ne?"

"Čudno."

U početku su se Danilo i svi Jordanu bliski i dragi nadali da će se ubrzo oporaviti i da će se vremenom mladi čovjek i sam smijati svojim halucinacijama. Tokom nekoliko prvih sedmica boravka u bolnici bio je svakodnevno posjećivan od više članova rodbine ili prijatelja. Bio je često u dobrom raspoloženju, činilo se kao de će sve biti zaboravljena istorija uskoro.

"Zar ne možete smoći dovoljno snage da razbijete jedno jaje?"

"Tako izgleda", odgovara Oliver predajući se. "Ali kakva su ovo jaja u stvari?"

"Bacite to", kaže Danilo, "to i nisu jaja, nego samo dva obična bijela kamena."

"Kako ste to uspjeli?" pita Oliver smijući se i ispušta dva bijela kamena iz ruku. "Šta ste to uradili?"

"Samo ono što ste tražili."

"Ali kako?"

Danilo ne odgovara na njegovo pitanje odmah.

Jordanovo stanje se međutim pogoršava. Broj posjetilaca je sve manji, a broj posjeta sve ređi, na kraju se svodi na dva najbliža člana familije i Danila. Danilo počinje uviđati da je negov prijatelj zauvijek izgubljen, ali se nastavlja boriti za njegov dignitet sa jasno naivnim optimizmom. Tračak nade vidi u njegovoj želji da položi završni ispit. Pošto Jordan ne dobiva dozvolu da pristupi univerzitetskoj prostoriji za ispite, Danilo započinje kampanju za ovo Jordanovo pravo. Čak zakazuje sastanak sa rektorom. Poslije mjesec dana čekanja, dobiva priliku za jedan polučasovni razgovor, ali i to se pokazuje kao previše. Usuđuje se pitati rektora kakvu bi šansu mogao imati njegov prijedlog da se Jordanu dodijeli diploma bez polaganja preostalog ispita. Opravdava čin eventualnog dodjeljivanja diplome Jordanovim doskorašnjim izvanrednim rezultatima na svim ispitima, a da on svakako i nije u stanju da radi, pa nikakve štete za društvo ne bi ni moglo biti. Rektor ne prihvata ovakav prijedlog i kao najbolje rešenje za oboljelog studenta vidi u nastavku njegovog liječenja. Poslije još nekoliko neuspjelih argumenata, osjetivši se poraženim i uznemirenim, Danilo se uspjeva na kratko sabrati, zahvaljuje rektoru i napušta njegovu kancelariju.

”Poželio sam da tako bude.”

”Samo ste poželjeli i ja sam bio obmanut?” pita Julijin brat.

”Da, samo sam poželio.”

”Ko vas je to naučio?”

”Niko, samo je od sebe došlo.”

”A koliko već godina posjedujete ovu neobičnu moć?”

”Onoliko koliko lutam. I sam sam se tome u početku čudio. Danas to, međutim, podvodim pod poznato pravilo da svako zlo sa sobom donosi i neko dobro. Ako mi neko da drugačije objašnjenje, prihvaćam ga.”

”Svaki bi čovjek poželio takvu moć”, kaže Oliver. ”Eh, da sam to mogao izvesti samo tri puta u životu. Ili barem jednom, kada mi je najviše trebalo.”

”Ne zloupotrebljavam to što mogu”, kaže Danilo, ”osim ako je krajnje neophodno - kada se borim za golu egzistenciju.”

”Moram vam priznati da se u vašem društvu osjećam spokojnim.”

”Ti si stvarno prijatan i ljubazan, prvi puta čujem da neko takav postoji.”

”Niti sam više prijatan i ljubazan ili neprijatan i neljubazan nego bilo ko drugi.”

”A ja mislim da ste upravo takvi kakvim sam vas opisao.”

Upravo toga dana, kada je Danilo poražen i uznemiren napustio rektorovu kancelariju, Jordan je nestao bez traga. Potraga za njim nija dala rezultata. Da Jordan više nije bio u životu, Danilo je sve više bio ubijeđen. Ali jedna misao je nastala u njegovoj glavi tada, što će imati odlučujući uticaj na njegov život nekoliko godina kasnije, kada se odlučio na vječno lutanje. Ako je Jordan izabrao smrt kroz nestanak, onda to možda i nije bila smrt.

Tako je Danilo mislio tada. Tako misli ponekad i sada.

Ostatak dana provodi uglavnom sam. Niti radi, niti se kreće. Ali on ne zna kako je biti dosadno. Jednostavno leži jedno vrijeme; prvo drži oči zatvorene, kasnije ih otvara. Samo na trenutak postavlja sebi pitanje.

Ko me je to onesvijestio?

Ali to je samo trenutak, više to pitanje nije pred njim. Preživio je, a sve ostalo može biti nepotrebno zamaranje mozga.

Zna da ovakvi kao on ne mogu imati neprijatelja. Ni prijatelja. Tužno je to, ali tako je kod njega sada. On ne mari za to, jer pred njim je masa puteva - gdje jedan završava, nastavlja drugi. On je sve svoje puteve spojio u jedan jedini - veliki, beskonačni put - ali time druge nije lišio njihovih.

"Svijet je uprkos svemu veliki i u njemu ima mjesta za sve", šapuće.

Primjećije da mu je kosa strašno porasla. Ustaje iz kreveta, pronalazi makaze u kupatilu i skraćuje kosu za desetak centimetara. Makazama skraćuje i bradu, a poslije se brije. Baca pogled na svoj lik u ogledalu. Sada izgleda uredniji i nešto mlađi.

"Mislim da sam i ljepši", kaže sebi, glasno i šaljivo.

Skoro cijeli dan nije dolazio u kontakt sa Julijom, osim na kratko za vrijeme ručka. Primjećuje da se i ona cijelo vrijeme drži rezervisano.

Možda se osjeća povrijeđenom što sam ih pokušao napustiti na tako nepristojan način. Danilo misli dalje: Za nju je to bio čisti bijeg, za mene prirodan čin. Možda je to za nju bilo poniženje, ali za mene je bilo olakšanje.

"Prilično ste se oporavili", kaže mu ona za večerom. "Pretpostavljam da ste u stanju da nastavite vaše lutanje?"

Danilo kao da nema snage odgovoriti na njeno sugestivno pitanje i pokušava se sjetiti da li mu je Oliver postavio isto pitanje za vrijeme ručka.

"Ko zna da li ćemo vas ujutro vidjeti", dodaje ona, a on u njenom glasu stvarno ne osjeća sarkazam.

Uprkos tonu kojim ona govori, Danilo ipak sumnja da bi ove njene riječi mogle značiti kraj njenog gostoprimstva.

Ili očekuje nekakav odgovor od mene, misli.

U svakom slučaju on ne nalazi odgovor na pretpostavljeno pitanje.

Sve što kažem može biti obavezujuće za mene, zaključuje.

Oliver ćuti cijelo vrijeme, kao da ga tamo i nema, ali Danilo primjećuje da je dobro raspoložen.

”Zar je moguće da za svo vrijeme otkako lutate nigdje niste ostali više od par dana?” pita ga iznenada.

”Ne, nije”, odgovara mu Danilo i baca pogled na Juliju. ”Već na samom početku lutanja mi se to desilo. Ni sam ne znam kako sam se našao u prihvatilištu za ovakve kao što sam ja. Našlo nas se veoma mnogo tamo, iz cijelog svijeta. Osoblje zaduženo da vodi brigu o nama bilo je zaista prijatno. I pažljivo, nemam prigovora, osim što su bili previše pažljivi. Bili su pažljivi prema nama kao prema djeci. Većini zbrinutih je to odgovaralo.”

”Ali ne vama”, kaže Oliver.

”Ali ne meni”, potvrđuje njegove riječi i nastavlja: ”Svi smo imali priliku da učimo jedan novi jezik, ali i da obnavljamo neka osnovna znanja.”

Pravi malu pauzu, smješka se, a zatim nastavlja:

”Naši domaćini su, kažem, brižno pazili na nas. Kada bi, recimo, neko od nas uzimao olovku i počinjao da piše, tada bi neko od ovih prijatnih ljudi prišao i držao ruku onoga koji je trebao pomoć i upravljao njome, a sve da poboljša pisanje dotične ili dotičnog. Meni ovakva pažnja nije prijala, pa sam poslije jedva mjesec dana napustio prihvatilište.”

Oliver kaže da mu je priča jako smiješna - možda malo pretjerana, kada se tiče scene sa držanjem ruke - i suzdržava se da ne prasne u smijeh.

Novi je dan i u isto vrijeme kao i juče Danilo sjeda na istu stolicu ispred kolibe. Osjeća se izvrsno, gleda negdje u neodređeno i ni najmanje ne izlaže mozak napornom razmišljanju, nego samo sjedi i sjedi, osjećajući miris u isparenje trulog lišća.

I u isto vrijeme kao i juče se Oliver vraća iz svoje svakodnevne šumske šetnje. I kao juče sa istim osmijehom na licu se približava Danilu, i sa istom pristojnošću kao juče pita za kratak razgovor i sjeda na zemlju pokraj njega.

"Vrijeme je isto kao i juče", kaže, "i miriše na jesen kao juče."

"Da, sve se ponavlja."

"Od juče ste mi neprekidno u mislima."

"Bolje da svoje misli posvetite nekome ili nečemu drugom. U svakom slučaju, hvala."

"Prvi puta srećem nekoga kao vi."

"S obzirom na vaš socijalni život u poslednje tri godine i ne bi trebalo biti tako čudno."

"Sasvim ozbiljno mislim."

"U redu, onda i ja sasvim ozbiljno uzimam vaše zapažanje."

"Osjećam da ste čovjek kome se može vjerovati."

"To je dobro, i za mene i za vas."

"I ništa vam to ne znači?"

Znači, obavezujuće je, htio bi odgovoriti, ali pravi grimasu koja daje signal da ne zna kakvom odgovoru bi dao prednost.

"Ja govorim o opasnosti. Ja govorim o strahu", kaže Oliver emotivno.

"Rizik od opasnosti uvijek postoji. Samo je pitanje u kome je stepenu taj rizik moguć. Strah postoji u svima, samo je pitanje da li možemo sa njim živjeti, nositi se sa njim."

"Iskreni ste", kaže Oliver, " ali ne brinite, vaše me riječi ne vrijeđaju. Julija je slično pričala samnom nekada."

"Samo sam imao namjeru da opustim naš razgovor", kaže Danilo izvinjavajućim tonom u glasu.

"Ja ne mislim okolišati", kaže Oliver, oštro presjecajući vazduh dlanom lijeve ruke.

"Tako i treba! Pravo na stvar!", kaže Danilo i smješka se.

"Hoću da kažem... potrebno je da znate... za mene je strah uvijek opravdan, čak i kada mi se prigovara da je neopravdan.... da je strah koji osjećam samo plod moje fantazije."

Danilo potvrdno klima glavom.

"Ne, ne razumiješ me. Uzimaš pogrešnu osobu za ozbiljno."

"Šta mislite sa tim, Olivere?"

Oliver ne odgovara, nego kaže:

"Ponekad poželim da nestanem."

"A da ipak postojite, zar ne?"

"Tačno."

"Nemojte da mislite da ste vi jedini koji to želi", kaže Danilo, više sam za sebe.

"Ako bih nestao, nestao bi i strah."

"Onda je ovo pravo mjesto za vas, usudio bih se reći."

"Možda, ali nešto mora da se dogodi! To je neophodno!"

"Prerano je to, dragi moj prijatelju", kaže Danilo, ponovo više sam za sebe.

"Poželite to, onda!"

Nisam siguran da li ga razumijem, misli Danilo. Mi ciljamo na različite stvari. Oliver se zapetljao u lokalne, a ja sam protiv svoje volje bačen u globalne stvari… ha ha ha. Osim toga, ne znam još uvijek skoro ništa o tom globalnom. Ali još ima dosta vremena za mene da se počnem učiti.

"Rado, ali šta?"

"Nešto mora da postoji."

"Olivere, ja sam apatrid."

"Šta? Šta je to?"

"Apatrid je lice bez državljanstva. Osoba bez svoje zemlje. Ja nisam apatrid u pravom smislu riječi, odlučio sam da budem takav, i više od toga: ja ne želim biti aktivan na bilo koji način. Niti želim uticati, niti želim biti pod uticajem."

"A ja bih to rado želio, uticati."

"Uticati? Ne razumijem kako možete očekivati tako nešto u ovoj izolaciji."

Ovdje se razgovor završava. Polako ulaze u kolibu.

"**Odoh ja napolje,** da malo prošetam", kaže Danilo poslije ručka.

Primjećuje da je Julija bolje raspoložena nego juče, da je bosa, obučena samo u kratke pantalone i košulju kratkih rukava. Uputila mu je nekoliko prijatnih pogleda.

Kaže da bi i ona rado pošla, ali da upravo ima jaku potrebu da nešto zabilježi, da joj ideje samo naviru.

Skrivajući ga, Oliver baca kratak pogled na svoju mlađu sestru.

"Možete li biti ljubazni i vratiti se za pola sata? Željela bih razgovarati sa vama."

Danilo stoji kraj izlaznih vrata i odgovara:

"Mogu, Julija."

Korača stazom na kojoj je bio napadnut. Bez obzira što je prespavao skoro pola vremena provedenog ovdje, u kolibi, sa njima, dani mu se čine mnogo dužim nego ranije. Dani mu nisu dugi zbog dosade. On zna zbog čega mu dani nisu dugi. Ali ne zna zbog čega su mu dugi.

Kada je prije par dana išao istom stazom, sa namjerom da se više ne vrati, želio je da ga nešto spriječi. Ako tada nije mogao, sada, barem za trenutak, to sebi može priznati.

Polako korača šumom sa njenom slikom u mislima...

Da prekjuče nisam bio onesvješćen i da me ona nije odnijela u kuću, nisam siguran da se ne bih i sam vratio, misli dok se vraća u kolibu.

I sada je ponovo u kolibi. Ulazi u svoju sobu. Julija leži u njegovom krevetu. Smješka se. Pokrivena je, ali mu je jasno da je njeno tijelo golo pod pokrivačem. Danilo stoji pokraj nje i strpljivo čeka da mu nešto kaže.

"Moramo biti tihi", kaže, "inače ćemo probuditi Olivera."

Danilo liježe bez riječi u krevet, sasvim blizu nje, ne skidajući odjeću. Njeno je tijelo vrelo, a u njenim očima onaj neobični sjaj.

Kratko poslije toga Julija ustaje iz kreveta, brzo se oblači i bez riječi napušta sobu.

Rano u jutro sljedećeg dana ponovo je u njegovom krevetu. On je budan. Rano je zaspao prethodnu veče.

"Koliko još namjeravate ostati?" pita ga.

"Mogu da krenem iz ovih stopa", odgovara, smješkajući se, "ako je to potrebno."

"Ja tako nisam mislila, pitam iz zabrinutosti i straha. Strepim od pomisli da vas ovdje više neće biti."

"Šta bih sada trebao odgovoriti?"

"Samo recite kada nas namjeravate napustiti."

"Za koji dan, ne znam."

"I još jedan dan."

"Kako?"

"Obećajte da ćete ostati jedan dan duže nego što ste planirali."

"Ali stvarno nisam odredio dan moga odlaska."

"Odredite ga onda, i dodajte još jedan dan."

"U redu" kaže on, šireći ruke, "neka to bude bilo koj dan plus jedan dan."

Dva dana prolaze.

Danilo se osjeća prijatno u društvu brata i sestre, ali mu smeta ustaljeni red koji vlada u kući. Oliver prije podne šeta, poslije podne spava, na veče čita priče svoje sestre, koje svaki peti dan, kako Julija kaže, leže na njenom pisaćem stolu. Ona provodi vrijeme u svojoj sobi i prije i posije podne, noću provodi vrijeme u Danilovoj sobi. A Danilo sjedi ispred kolibe sve do ručka, šeta poslije podne, a noću je sa Julijom.

"Danilo, jeste li spremni za jednu zajedničku prijepodnevnu šetnju? pita ga Oliver.

"Naravno, Olivere", odgovara on Julijinom bratu.

Sada koračaju uskim putem što vodi do grada, što možda vodi do grada. Zatim silaze sa puta i idu u gušći dio dremljive šume.

"Da li vam je Julija pričala o našoj majci i ocu?"

Danilo ne odgovara.

"Nešto vam je valjda pričala?"

"Da, vaša je mama oslijepila, a potom i preminula."

"Da smo smrt naše majke teško doživjeli, ne zahtijeva posebno objašnjenje, ali ja mislim na nešto strašno, što se desilo prije nego što smo preselili ovamo. Nešto što je u stvari dovelo do njene smrti. Nešto što je ubrzalo njenu smrt."

"Vaša sestra mi to nije spomenula."

"Mogu razumjeti, bio je to veliki šok za nju. Prvi put poslije četrnaest godina vidjeti oca, i to u onakvom stanju, bilo je strašno… Bilo mi je šest godina, kada nas je otac napustio. Moja ga se sestra nije sjećala, samo par njegovih fotografija, da vidi, je imala. Samo par fotografija su bile jedino od čega je mogla stvoriti sliku o njemu. Zašto nas je ostavio? Ne znam. Zašto se vratio poslije skoro petnaest godina? Ne znam ni to. Ali se vratio. Sasvim neočekivano se vratio! A to nije trebao uraditi. Baš u to vrijeme smo ja i Julija bili odsutni. Da jedno od nas nije zaboravilo zaključati vrata kada smo izlazili, ništa se ne bi ni dogodilo. Majka je kao i obično bila u svojoj spavaćoj sobi, dok je Cezar drijemao na podu, ležeći pokraj njenog kreveta. Cezar!"

"Nećete mi valjda reći ono što slutim da se moglo zbiti?"

"Upravo to", potvrđuje Oliver, brišući lagano naočare, i nastavlja blijedo gledati u šumsko tlo i kada ih je ponovo stavio.

"Strašno!" kaže Danilo, koračajući sve sporije. "Nevjerovatno i tragično! Ja nemam riječi."

"Ironija sudbine! Okončati život u kući u kojoj je nekada bio gazda, tako što je jednostavno bio rastrgan čeljustima kućne životinje, i ne može se drugačije nazvati", kaže Oliver, prekršta ruke i nastavlja gledati u šumsko tlo.

Danilo klima potvrdno glavom.

"Julija se vratila kući nekoliko minuta prije mene…"

"Jadna Julija".

"Da, mislim da je suvišno dati opis onoga što je tada doživila".

Sljedećeg dana Danilo se opet ranije budi, uvjeren da je to posljednji dan njegovog boravka u Julijinom i Oliverovom domu.

Ja ovdje definitivno ne pripadam, kaže u sebi i odlazi do kupatila, tušira se i pere zube. Poslije toga se vraća u sobu i sjeda na krevet. I tako sjedi jedno kraće vrijeme.

Još ni jednom nisam bio u Julijinoj sobi, misli, pokušavajući se sjetiti da li je ranije mislio na to.

Sjeća se kako je skoro rekla da Oliver smatra da bi bilo najbolje da to niko ne uradi. Sjeća se da se pitao da li je Oliverova izjava bila ironična ill je sadržavala ozbiljniju poruku. Sjeća se da nije mogao odlučiti kojem bi se odgovoru priklonio.

Šta je ona mislila sa tim? Šta je on mislio sa tim? pitao se.

U jednom trenutku pomišlja ući u njenu sobu dok spava, ali odustaje od takve pomisli.

Julija sada sigurno spava, opušteno na leđima, odmarajući ruke iznad glave.

Naravno da mu ona izgleda neobično lijapa, vrijedna da se voli. Sasvim prirodno bi bilo živjeti zajedno sa osobom kao što je ona, sa osobom koja je pronašla sebe.

Ali ja moram ići odavde! Šta bih radio ovdje ako ostanem? Je li ovo mjesto moga nestanka? Da li uopšte postoji jedno takvo mjesto? Ne znači li nestati isto što i biti svugdje i nigdje?

Liježe na leđa i gleda kroz prozor. Lišće se ne miče. Vrijeme stoji.

Ona ima svoju sobu. Ja tamo nisam bio. Tamo piše svoje kratke istorije. Da li vjeruje da ne postoji za druge kada to radi? Piše. Vjeruje li da je nestala sve ovo godine otkako se ono strašno dogodilo, sve ove godine koje je pisala i koje će da piše?

Lišće se ne miče. Vrijeme stoji.

A ja, šta će da bude samnom? pita se. Da li bih se ja ovo pitao da sam stvarno zaljubljen? Ne, ja nisam zaljubljen u nju! Ja moram napustiti ovo mjesto za uvijek! Već danas! Odluku sam donio i tako će da bude!

”Zašto ste tako znojavi?”

”Nisam znao da ste budni”, kaže joj, uplašen.

”Zašto ste tako znojavi?” pita ga ona ponovo, imitirajući Crvenkapicu kada pita u baku preobučenog vuka.

”Nisam znojav, upravo sam se istуširao”, odgovara.

”Recite: Zato što želim izgledati privlačno.”

”Zato što želim izgledati privlačno”, odgovara Danilo glasom u baku preobučenog vuka.

”Vrlo dobro!”

”Hoćemo li preći u vašu sobu? Šta kažete na to?”

Kroz ređi dio šume jedan zrak sunca pronalazi prolaz, odlučno probija kroz malo prozorsko okno i pada na drveni pod, direktno između njih, i tako stvara pozorišnu atmosferu u sobi.

"Zašto me je to Oliver molio, ne znam, ali sam mu obećala da u moju sobu niko neće ući. A obećanje je obećanje."

"U redu, ja i on moramo razovarati o tome danas. Sve mi to tako djetinjasto zvuči. Oliver me ne može dobiti da mislim drugačije o tome."

"Onda bi mogli čitati moje priče!"

"Sve, ja ih želim pročitati sve!"

"To ne bi uzelo bog zna koliko vremena."

"Šta bi se dogodilo ako bih čitao samo jednu dnevno?"

"Ne usuđujem se imati takve nade", odgovara Julija, a zrak sunca iščezava.

Posle ručka Danilo ulazi u njenu sobu.

"Napuštate nas danas, Danilo, zar ne?", upitao ga je Oliver prije podne, prije nego što je krenuo u svoju neizbježnu šetnju.

"Da, bez dvoumljenja... ali me interesuje da li bi imali nešto protiv ako bih posjetio Juliju u njenoj sobi i rekao joj zbogom?"

"Ja o tome ne odlučijem, Danilo. Ja ne mogu ništa zabraniti. Ili dozvoliti. Ja to samo ne preporučujem."

"Znam, ja preuzimam svu odgovornost", kaže Danilo ironično.

Prvo ne vidi ništa neobično u sobi. Veoma štedljivo je namještena: sofa, crnozeleni pisaći sto, dvije u crno obojene stolice, prazna crnozelana vitrina i ništa više. Desno od nje, zatim, može da vidi mali kamin. U kaminu, dalje, može da vidi nešto što mora biti čekić.

Danilo je zamišljen nekoliko sekundi, zatim baca pogled na prozor gdje zapaža kako jedna nepomična vjeverica intenzivno bulji u njega.

Julija sjedi za pisaćim stolom. Kosa joj je začešljana nazad i ima naočare na sebi. Izgleda sanjivo. Lijevo od nje, na podu leži bijala ručna torbica. Na stolu leži jedna debela sveska u crvenom, kožnom povezu. Nigdje ne vidi olovku.

"Dobro došli, Danilo! Baš mi je drago da ste naizad došli ovdje!"

"Hvala, i meni je!", kaže i misli dodati da je to prvi put da vidi vjevericu, mada je već nekoliko dana ovdje, ali ne dodaje.

"Ne želite čitati moje kratke istorije?" pita ga i podiže svesku objema rukama i ispruža je prema njemu.

"Naravno da želim. A poslije mi vi možete čitati. Volim da vas slušam."

"Znam."

Danilo polako otvara svesku i nalazi jednu tanku svijetlozelenu olovku u njoj. Lagano okreće prvi list. Na drugom je napisano: Priča broj jedan. Pretpostavlja da priča počinje na sljedećoj strani i okreće još jedan list. Na njemu može pročitati: Priča broj 2. A na sljedećoj strani stoji: Priča broj 3. Nasumice okreće nekoliko desetina listova. Ništa. Samo prazne stranice. Ne usuđuje se podignuti pogled.

"Šta kažete?"

Vjeverica brzo nestaje za drvećem.

"Impresivno", odgovara, još uvijek ne gledajući u nju, spušta svesku na pisaći sto. "Jednu mi morate pročitati ."

Skuplja snagu i gleda je pravo u oči. Ne može vidjeti da se vjeverica vratila. Ne može vidjeti napetost u očima ove male živahne šumske životinje.

"Da počnem odmah?" pita nestrpljivo. "Da počnem sa pričom Broj 13?"

"Ne… počnite od prve i čitajte sve dok se ne umorite", odgovara Danilo i sjeda na stolicu sa druge strane stola.

"Tako sam umorna", kaže Julija, polako se naginjući preko stola i pada u san.

Danilo se podiže i prilazi, ljubi je u čelo, a zatim u obraze.

"Želim vam prijatan san", šapuće joj na uho i ponovo sjeda na stolicu.

Lišće se ne miče. Vrijeme stoji. Vjeverica je ponovo iščezla.

Ona sada spava, a on sjedi i čeka da se probudi. A kada se probudi, on neće ustati i otići. Koliko će to vremena da uzme, ne zna, ali će ostati koliko bude potrebno.

"I još jedan dan", šapuće.

Ili: ona sada spava, a on sjedi i čeka da se probudi. A kada se probudi, on će ustati i otići. Koliko će to vremena da uzme, ne zna, ali će ostati koliko bude potrebno.

"I još jedan dan", šapuće.